À Mila et Emma
L.G.

© 2013 Éditions NATHAN, SEJER, 25 avenue Pierre de Coubertin, 75013 Paris
Loi n° 49-956 du 16 juillet 1949 sur les publications destinées à la jeunesse,
modifiée par la loi n° 2011-525 du 17 mai 2011.
ISBN : 978-2-09-254609-3
N° éditeur : 10243617 – Dépôt légal : mai 2013
Achevé d'imprimer en janvier 2018 par Pollina (85400 Luçon, Vendée, France) - 83714

Lulu-Grenadine dort chez une copine

Laurence Gillot - Lucie Durbiano

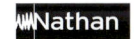

Nathan

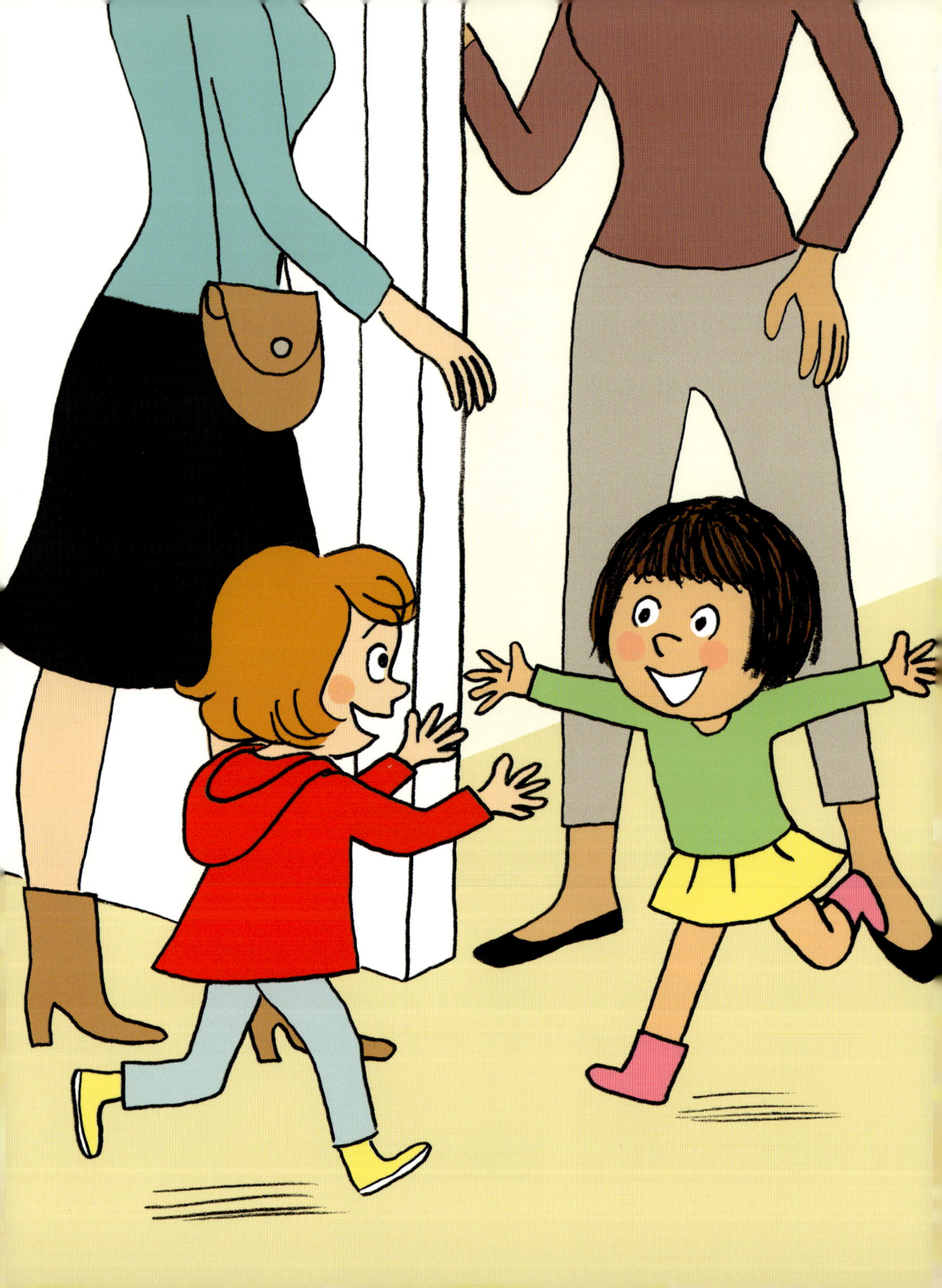

Lulu-Grenadine est invitée

à dormir chez Sophie,

une copine de sa classe.

Tout de suite, Sophie emmène Lulu-Grenadine dans sa chambre.
– Wouaaaaaaaah ! C'est trop bien chez toi ! hurle Lulu-Grenadine en découvrant l'aquarium de son amie. Et puis, t'as beaucoup, beaucoup de peluches : des petites, des grosses…

– C'est mon papa qui me les a offertes !
explique Sophie. Il est vétérinaire, il soigne
les animaux. Et lui, c'est mon chéri bibi d'amour,
ajoute-t-elle en montrant à son amie un poisson
rouge qui n'a qu'un œil.
　Lulu-Grenadine regarde longuement
le doudou, et s'exclame soudain :
– Mais Soph-Soph, il est malade !
Il faut le soigner !

Lulu-Grenadine a dessiné et découpé un œil en papier. Elle le colle sur le poisson de Sophie.
– Voilà, dit-elle. Je l'ai opéré !
– Maintenant, il faut s'occuper de la girafe, poursuit Sophie, elle a un torticolis !

Joyeusement, les deux fillettes emballent le cou de l'animal avec du papier toilette. Ensuite, elles soignent le raton laveur, le ouistiti, l'escargot… quand la maman de Sophie appelle :
– On mange !

Ā table, les filles boivent dans de drôles de verres.
– Ils sont trop rigolos ! s'enthousiasme Lulu-Grenadine.

Au dessert, elles démoulent un flan au caramel toutes seules dans leurs assiettes.
– J'adore ça ! Mais mes parents, ils n'en achètent jamais ! explique Lulu-Grenadine.

Après le repas, les deux amies retournent vers leur hôpital en hurlant :
– Pin pon ! Pin pon !
 Mais tout de suite la mère s'écrie :
– Allez, au lit, les pompiers !
– Déjà ? s'étouffe Lulu-Grenadine. Chez moi, on a le temps de jouer avant de se coucher.
– Ici, c'est différent ! répond la maman. On regarde un livre calmement, et après on s'endort !

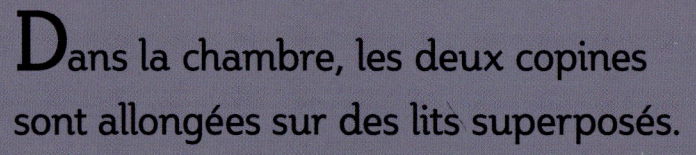

Dans la chambre, les deux copines
sont allongées sur des lits superposés.
– Il est l'heure d'éteindre ! dit la maman.
 Elle fait des bisous aux fillettes.
Puis, elle ferme la porte. Et c'est le noir complet !
Le cœur de Lulu-Grenadine bat fort. Chez elle,
on laisse toujours un peu de lumière.
Heureusement, elle a apporté
sa lampe de poche ! Elle l'allume.
– Qu'est-ce que tu fais ?
questionne Sophie.

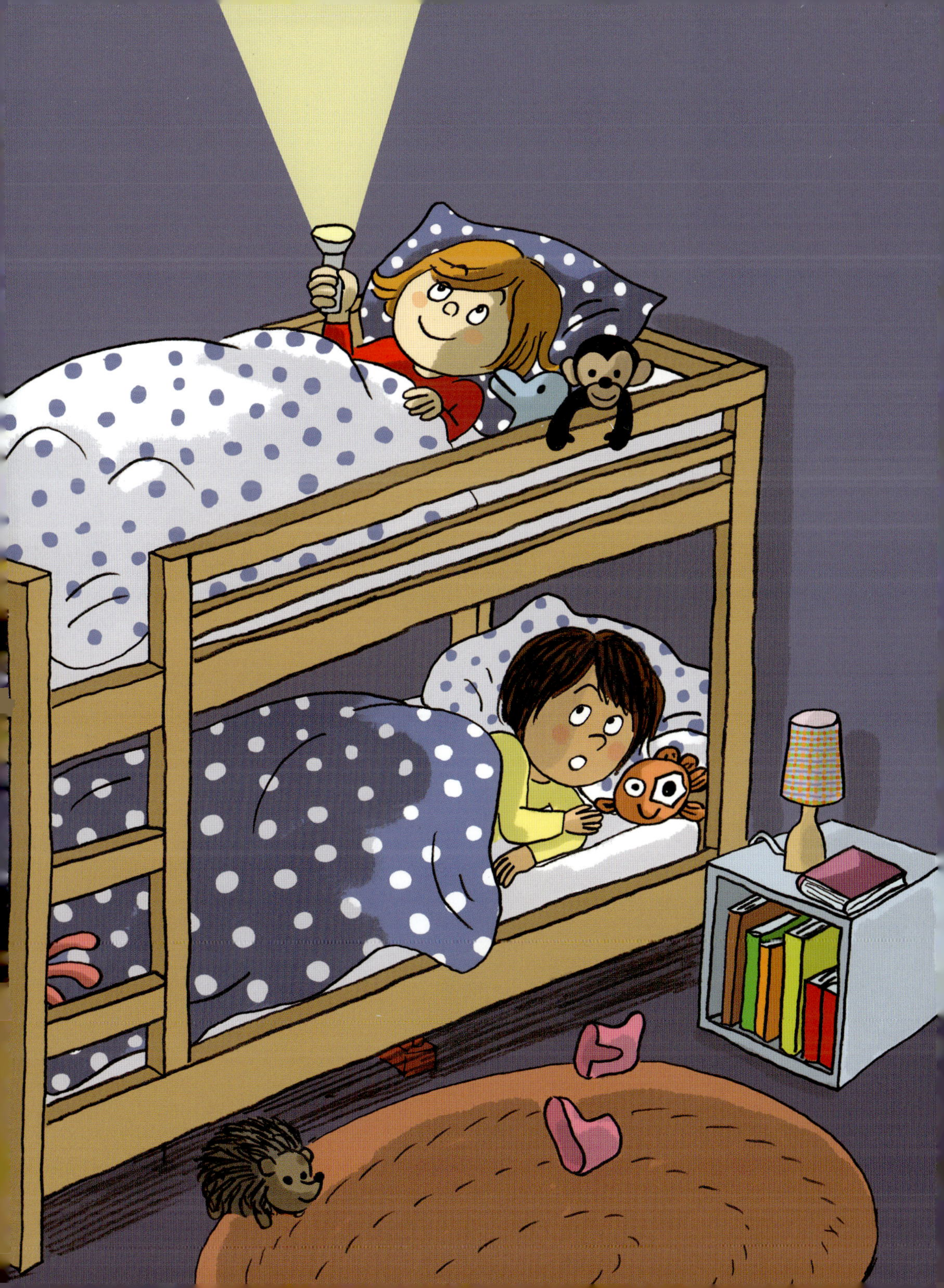

Lulu-Grenadine met son choubidou dauphin devant la lumière, et ça fait une ombre au plafond.
– Oh, c'est trop bien ! dit Sophie.

— Silence ! rouspète la maman derrière la porte
Mais Lulu-Grenadine n'écoute pas. Elle tend
son doigt devant la lampe et s'écrie en riant :
— Regarde, je lui fais une piqûre
parce qu'il a envie de vomir !
— Hi hi ! crie Sophie.

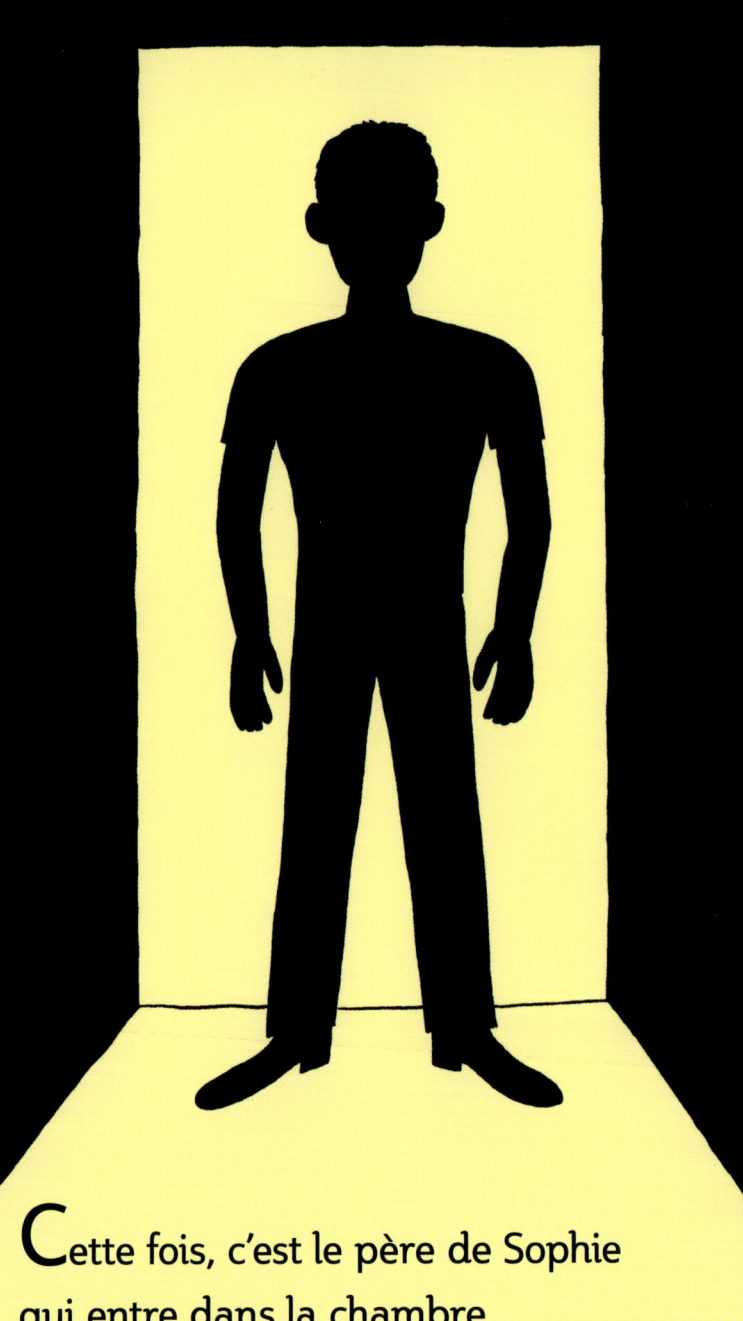

Cette fois, c'est le père de Sophie qui entre dans la chambre.
— Chut ! souffle-t-il.

Puis, il reste là, debout au milieu du tapis, immobile. Et ça dure longtemps. Longtemps.
Lulu-Grenadine n'ose plus bouger.
Elle serre sa lampe éteinte contre elle.

Quand le papa s'en va enfin,
Lulu-Grenadine murmure :
– Soph-Soph !
Mais Sophie ne répond pas. Elle dort !

Lulu-Grenadine sent de petites larmes
arriver dans ses yeux. Elle serre ses choubidous
en regardant la nuit tout autour d'elle.
– Maman ! appelle-t-elle dans sa tête.

Lulu-Grenadine a envie de retourner
dans sa maison, dans sa chambre, dans son lit.
Elle n'est pas bien ici, toute seule dans le noir.
Et puis d'abord, elle n'a pas envie de dormir,
elle n'est pas fatiguée.
– Soph-Soph ! appelle-t-elle. Réveille-toi,
on va jouer encore un peu !

Lulu-Grenadine éclaire son amie avec sa lampe.
Gênée, Sophie se retourne en envoyant valser
son poisson sur le tapis.
Oh, sa nageoire est toute tordue !

– Je vais le soigner ! pense immédiatement Lulu-Grenadine.

Elle descend du lit et s'agenouille auprès du doudou. Elle l'embrasse et lui chuchote :
– Ne pleure pas, je suis là !

Lulu-Grenadine enroule la ceinture de son pyjama autour de la nageoire. Puis elle dépose le poisson en peluche à côté de Sophie en le faisant parler :
– J'ai mal !
– Si ça ne passe pas, je te ferai une piqûre ! lui chuchote-t-elle.
– Ne t'en va pas !
– D'accord, je ne vais pas te laisser tout seul !
lui répond Lulu-Grenadine.
 Alors, tout doucement, elle se faufile à côté de Sophie et s'endort aussitôt.

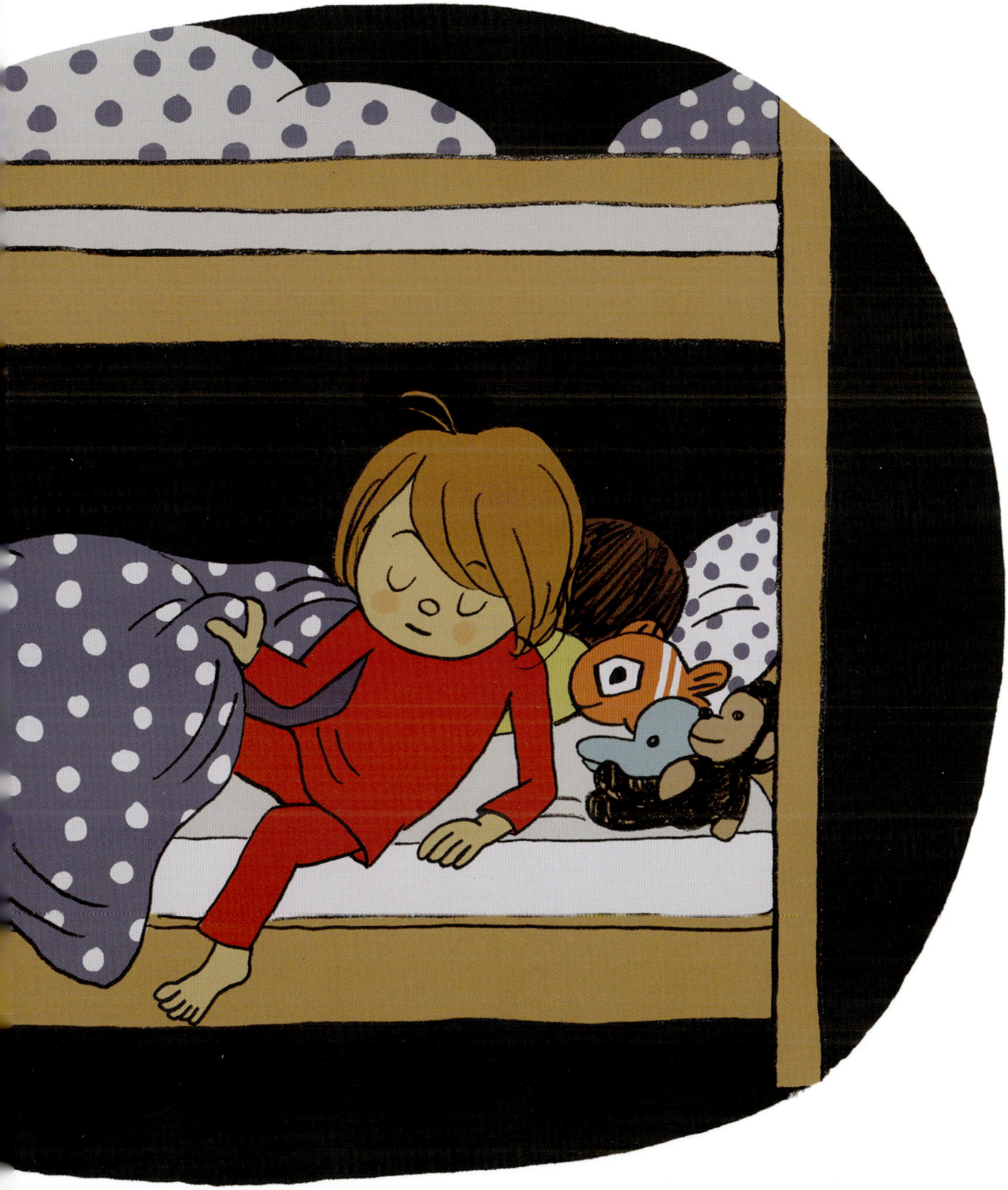

Le lendemain matin, les deux fillettes se réveillent en même temps.
– Ben, qu'est-ce que tu fais dans mon lit ? s'étonne Sophie.
– Ton poisson rouge est tombé cette nuit, explique Lulu-Grenadine. Il s'est fait mal. Je l'ai soigné et je suis restée près de lui.
  Puis elle ajoute avec malice :
– Car moi, madame, je suis vétérinaire, même la nuit !

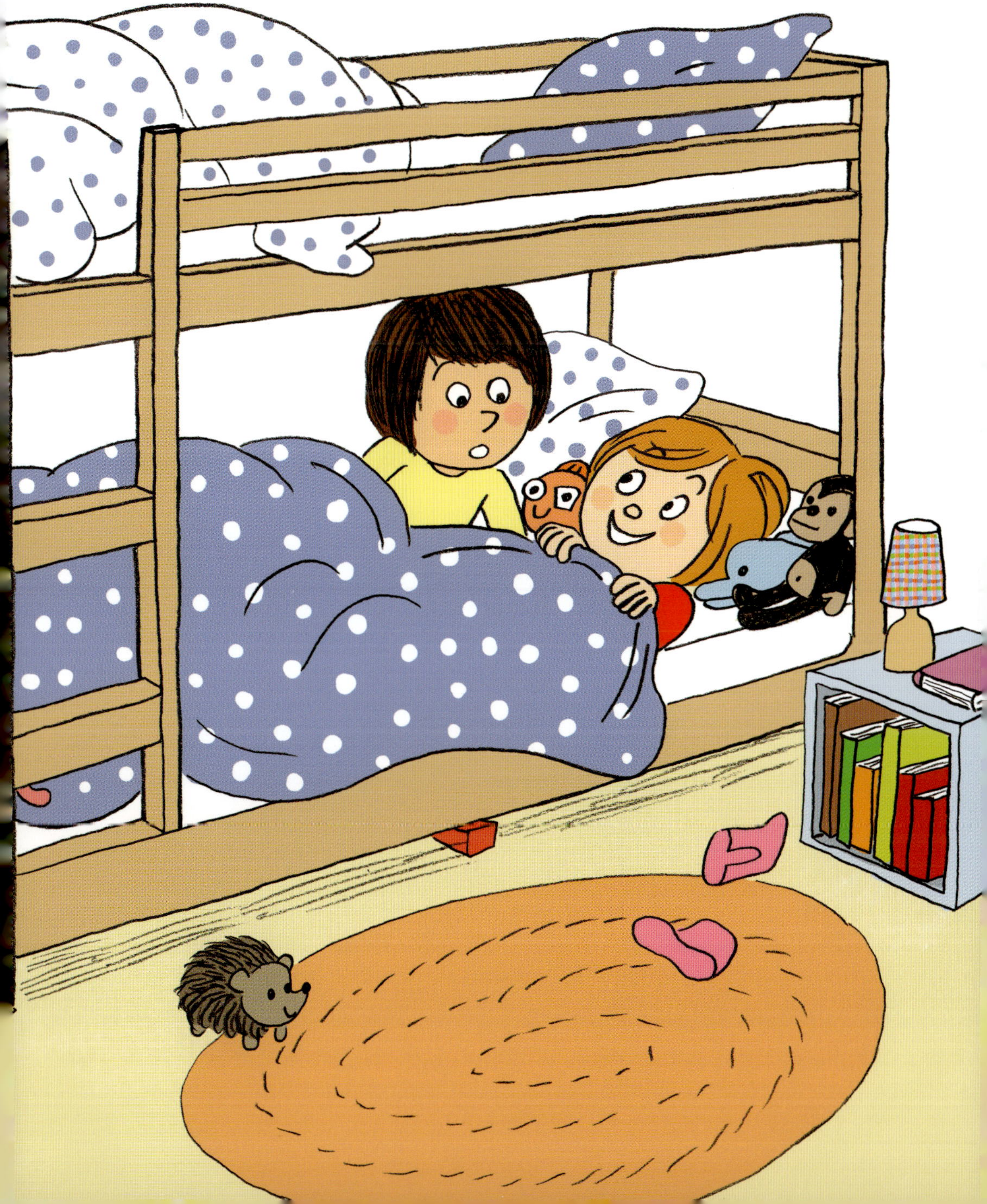

Retrouve les aventures de

Lulu-Grenadine

dans la même collection

Et bien d'autres titres encore !